과수원에서
젊음이 읽어

2011

2011년 8월 25일 초판 인쇄
2011년 9월 1일 초판 발행

저자 / 류기봉 외 19명
발행자 / 박홍주
영업부 / 장상진
관리부 / 이수경
발행처 / 도서출판 푸른솔
편집부 / 715-2493
영업부 / 704-2571~2
팩스 / 3273-4649
북디자인 · 캘리그라피 / 이근산
사진 · 판화 / 김완모 · 한지선
주소 / 서울시 마포구 도화동 251-1 근신빌딩 별관 302호
등록번호 / 제 1-825

ⓒ 류기봉 외 2011

값 / 9,000원
ISBN 978-89-93596-24-3 (03810)

이 시집은 남양주시 농업기술센터의 '찾아가는 친환경 포도밭 예술제' 지원금을 받아 출간되었습니다.

과수원에서 젊음이 읽어

스무명 시인들의 포도알 속 시 풍경

류기봉 외 지음

푸른솔

차례

이 시집은 〈포도밭 축제〉의 일환으로 간행된다. 포도 상자에 한 권씩 넣는다니 시 작품들을 포도 먹듯이 먹기를 권장하는 듯하다.

시 쓰기는 포도 농사와 닮은 데가 있다. 언어란 우리 영혼에 뿌려지는 씨앗인데, 제대로 된 씨앗이 심어져서 잘 자라야 그 영혼의 수확이 풍성해진다. 그러니까 우선 마음을 위한 씨앗인 시가 잘 가꾸어지고 잘 익어야 다른 마음들의 강장제가 될 수 있다.

우리가 매일 뉴스에서 보듯이, 인류사회가 특히 이념, 종교, 민족 따위들에 대한 맹목적 광신과 그에 따른 폭력에 항상 위협 받고 있을 때, 농사를 제대로 짓고 언어를 제대로 쓰고자 하는 노력은 우리가 소중히 여겨야 할 선의임에 틀림없다. 지구의 어느 구석에서 아주 드문 한 줄기 빛과도 같은 제대로 된 마음을 만날 때 우리는 얼마나 기쁜가!

2011년 여름

정현종

류기봉

1993년 김춘수, 이수익 선생님의 추천을 받아 〈현대시학〉으로 등단했다. 시집으로 『장현리 포도밭』 『자주 내리는 비는 소녀 이빨처럼 희다』 『포도 눈물』이 있고 산문집으로 『포도밭 편지』가 있다. 2006년 흙 살리기 참여연대에서 수여하는 '흙사랑 생명사랑상'을 수상했다.

유기봉군(君) 포도같이

장현리 유기봉군 포도는
하얀 봉지에 검은 곰팡이가 가득하다
날파리들이 날아오르고
비가 오면 하나, 둘, 알 들
옆구리가 터진다.
포도는 서로 둥그러지면서 맛이
드는 법인데
유기농을 찾으시면서
유기봉 포도를 저리 치워 버리고
모양 좋고 빛깔 예쁘고 큰 것만 고르시는 김 여사님!
아시죠
아시죠
좋은 것에는 항상 번외 된 과일이 있습니다.
못난이 유기봉 포도같이,

사람이 농사에 미치는 어떤 영향

포도밭을 침입한 요놈 사람들아!
시커먼 손으로 흙의 숨통을 조르지 말라
주인 손을 이제 놓아 주거라.
짐짓 모른척하지 말아라.
사람이 사람답지 못한 시간이 길면
세상은 휑하니 모두 잠들어버리는 법,

유기농이란? 무기농이란?

유기농이란
잘못된 땅들과 시식을 원상태로 되돌리는 것
사람의 손이 덜 탄
처음 상태로 돌아오는 것
마치 갓 태어난 어린아이처럼,

구름다이어트

장현리 포도밭 저녁구름이 농익었습니다. 햇빛이 오랫동안 자리를 지켜줘 그 어느 때보다 풍부한 일조량 때문입니다. 천겸산의 피톤치드를 하루도 빠지지 않고 날라다준 북동풍과 나무뿌리가 정화시킨 미네랄이 풍부한 물이 주인공입니다. 신맛 단맛의 구분이 분명합니다. 장현리 구름에 중독된 마포아주머니, 구름다이어트 하신다는 분당아가씨, 구름 사러 오세요. 전화로 수확 날짜 묻지 않으셔도 됩니다. 소풍 날짜 세어보듯, 초경 날짜 꼽아보듯, 설레는 마음으로 승용차 짐칸 깨끗이 비우시고 가볍게 오세요.

2011년산 유기농 구름과 첫인사를 나누시려거든 포도나무 가지 끝에 해가 앉기 전 이른 아침에 오시면 됩니다. 왜냐고요? 구름 속 양분을 햇빛이 가져가기 때문이지요. 밭으로 오시기 귀찮다고요? 배달도 됩니다. 자장면처럼 총알 타고 갑니다. 구름이 아니라 구름을 배달하겠습니다.

즐거운 받아쓰기

포도밭은 원고지다.
네가 풀을 베면 시가 짧아진다.
가지를 쳐 주면 또 시가 짧아진다.
그대로 놔두면 시가 시끼리 엉켜 덥수룩해진다.
휑하게 자라게 두고
덥수룩해지면 지루하지 말라고 쳐 주곤 한다.
가지를 팍팍 쳐 주라고들 한다.
줄기를 뻗다말고 뱀딸기가 멈칫한다.

오늘 아침에 순서대로 햇빛, 가위, 삽, 풍뎅이, 의료보험고지
서가 왔다.
어제 왔던 햇빛, 오늘 온 햇빛, 내일 지나가는 햇빛이 다르다.
그것들이 와서 하는 말을 받아 적는다.
받아 적기만 하면 된다.
그것들은 오자, 탈자가 없는 완벽한 시를 쓴다.

난 농민이면 의례 참가하는 데모에 한 번도 나가지 않았다
포도밭도 데모에 동원되지 않았다.
오늘은 운동권 햇빛이 내게 와서 말한다.
"이제 농사 그만 지으시죠?"

시의 포도알 속 풍경

하나

포도알의 충혈된 눈을 본다.
꽃잎을 보듯,
버들강아지
움트는 눈을 보듯
포도알 속에서는
금방 걷어 제치고 나올 것 같은 민들레 씨앗을 본다.
해빙된 땅의
비 소리에
오염된 흙을 부둥켜안은 민들레가
아이와 함께
걸어 나오고 있다.

둘

읽고 있는
그림책에서
강제로
끄집어낸,
나를 닮은
밭갈이 소 한 마리가
조각난 거울 안의
햇살을
마치
풀처럼
부스럭대고 있다.

셋

그 여인의

가녀린

목덜미에 앉았던

햇빛

계수나무 단풍 든 내

볼에도

내려와 흐느적거릴 때에

비로소

꽃은

엄청난 무게의

눈꺼풀을

열기 시작했다.

비만청포도

9월은 류기봉 농장의 으슥한 곳에 비만한 청포도가 익는다. 품종은 모른다. 30년 선부터 달밤에 김은 포도인 캠벨과 함께 몸 섞은 나무이다. 열매가 익어도 프르스름한 달빛이니까 그냥 달빛 청포도라 부른다. 익으면 익을수록 농후한 색, 맞다! 아줌마의 입술같이 농후하다. 그는 3년에 한 번 밖에 열매를 맺지 못했다. 잡종이라서 그런지 너무 잘 먹고 기름기가 철철 흐르는데, 나는 수시로 바람을 통하여 순을 들추어 운동도 시키고 잘 든 햇빛으로 땀도 흘리게 하지만 자신의 의지가 없는 다이어트는 별 의미와 효과가 없다. 올해도 녀석은 3년만에 한 번 청포도가 열렸다. 탐스런 포도가 백 송이가 넘게 열렸다. 다섯 송이는 내가 먹고 스무 송이는 늘 눈 맞추던 열애다방에 갖다 주고 팔십 송이는 술을 담갔다. 9월 27일 밤, 청포도 엑기스를 착취해서 먹었기 때문일까. 열애다방 애 같은, 꼭 그런 야들야들한 기집애, 달 봉긋 솟은 버드나무 하나가 긴 머리를 늘어뜨리고 서 있다. 바람이 분다. 버드나무가 비틀린다. 내 포도나무의 비만한 눈물도 비틀거린다.

류기봉 포도원 가족 건강보험

　류기봉 포도원의 가족은 아버지, 어머니, 아내, 아이, 포도나무…. 서로 머리를 맞대고 사는 가족입니다. 우리 밭 가족들은 건강보험료를 매달 20만원 내고 있습니다. 땅 있다 내고, 집 있다 내고, 땅에서 소득이 생긴다고 내고 차 있다고 또 내고, 사람숫자대로 내고, 어제는 제가 풀을 깎다가 대못에 발바닥이 찔려 동네 작은 병원에 갔는데요, 의사는 대수롭지 않게 못에 찔린 부위를 소독하고 반창고를 붙여주고 주사 맞는 간단한 치료인데요. 병원비가 이만 칠 천 원 나왔어요. 저는 입이 딱 벌어져 따졌더니 파상풍 치료주사는 보험에 적용이 안 된다나요. 그래도 파상풍 치료용 주사가 이만 칠 천 원이면 너무하다 싶어요. 정부는 포도 값도 못 올려주면서 건강보험료는 해마다 올리나요. 노쇠한 포도나무가 이 많은 보험료까지 다 어떻게 감당할지….

나의 포도 캐릭터
― 포도밭 환타지

포도알에서 토끼의 귀가 자라고 있습니다.
달이 움직일 때마다 포도잎을 흔들고
꿈틀꿈틀 기어 나온 밤벌레의 소리일까
아니면 미자네 해장국집 솥뚜껑 닫고
열리는 소리일까, 귀기울이어서
토끼의 귀가 무겁습니다.
내가 녹초가 되어
'밥 줘' 하며, 아내를 부르듯이
보름달이 귓속으로 밀고 들어갑니다.
달빛 밝은 환한 청각 신경
장현리의 포도밭에서 칠십 리 길 떨어진 청량리
청과물시장 바닥에
귀를 활짝 열어 놓습니다.

나무의 힘

1

나무 속에는 햇빛, 물고기 눈동자가 살고 있다. 벌써 몇 년째 방치된 삼십 년 된 햇빛, 삼십 년 된 나무에 몸을 빌려 살고 있는 햇빛, 낮이면 나무 밖으로 기어 나오는 햇빛, 전기톱은 거대한 햇빛의 몸통을 몇 토막씩 잘랐다. 덜, 덜, 덜, 덜, 투덜댄다. 나무의 몸 안에는 햇빛의 심지가 박혀 있다고, 햇빛의 옹이가 바위처럼 딱! 버티고 섰다고 톱은 투덜댄다.

2

나무 속에는 햇빛의 나이가 들어 있다. 삼십 개의 물고기의 눈동자가 그 나무를 버텨주는 힘이라 했다. 나무의 힘은 물고기의 삼십 개의 눈동자 속에서 나온다. 물고기의 눈동자가 많을수록 나무의 힘이 된다. 햇빛의 나이가 된다. 삼십 개의 물고기의 눈동자를 나무 속에 숨겨온 햇빛이 내 나이를 물었다. 덜, 덜, 덜, 덜

전기톱이 그만 내 나이를 자르고 말았다.

3

쉿! 지금 포도 살찌는 소리 늘린다. 한낮 포도 알의 절규, 어느 여인의 신음 소리가 된다. '내 몸은 당신 꺼 예요, 내 마음은 당신 꺼 예요' 뿌리에서 땅 밑의 시원한 물을 한 컵 떠서 내게 건네준다. 나무를 나무답게 하는 초록 물, 초록을 초록답게 하는 초록 물.

〈초대시인 시작품〉

이수익

경남 함안 출생으로 1963년 서울신문 신춘문예로 등단했다. 시집으로 『우울한 샹송』『눈부신 마음으로 사랑했던』『꽃나무 아래의 키스』『처음으로 사랑을 들었다』 등이 있다. 현대문학상, 정지용문학상, 한국시인협회상, 이형기문학상을 수상하였다. 현대시 동인으로 활동하고 있다.

폐가(廢家)

빈 산막(山幕)엔
능구렁이처럼 실찐 고요가
땅바닥에 배를 깔고 숨을 몰아쉬고 있다.
흙담이 무너져내려 썩고, 나무기둥이며 문살이
오랜 비바람에 썩고 썩어
향기로운 부식의 냄새를 피워 올리는,
이 버려진 산막(山幕) 하나가 고스란히 해묵은 포도주처럼
맑은 달빛과 바람소리와 이슬을 먹고 발효하는
심산(深山)의 특산품인 것을.

―신(神)이 가끔 그 속을 들여다보신다.

정현종

1939년 서울에서 태어나 연세대 철학과를 졸업하고 연세대학교 국문과 교수로 재직하였다. 1965년 〈현대문학〉을 통해 시단에 등장한 이후 『사물의 꿈』『나는 별아저씨』『떨어져도 튀는 공처럼』『사랑할 시간이 많지 않다』『한 꽃송이』『세상의 나무들』『갈증이며 샘물인』『견딜 수 없네』『광휘의 속삭임』 등의 시집과 『고통의 축제』『사람들 사이에 섬이 있다』 등의 시선집을 출간하였다. 한국문학작가상, 연암문학상, 현대문학상, 이산문학상, 대산문학상, 미당문학상, 공초문학상, 네루다상 등을 수상했다.

이 느림은

이 느림은,
"진짜"에 이르기 어려워,
그건 정말 어려워,
미루고 망설이는 모습인데,
앎과 느낌과 표정이
얼마나 진짜인지에 민감할수록
더더욱 느려지는 이 느림은….

조정권(趙鼎權)

1949년 서울에서 출생했으며 1970년 〈현대시학〉을 통해 등단하였다. 주요 시집으로 『비를 바라보는 일곱 가지 마음의 형태』 『시편』 『하늘이불』 『산정묘지』 『신성한 숲』 『떠도는 몸들』 『고요로의 초대』 『먹으로 흰꽃을 그리다』 등이 있다. 녹원문학상, 한국시협상, 김수영문학상, 소월시문학상, 현대문학상. 김달진문학상, 질마재문학상을 수상했다. 현재 경희사이버대학교 미디어문예창작학과 교수로 재직하고 있다.

안 거두어들인

시골에 있는 친구가

공기를 보내왔다.

공기를 뜯어보니 사과향기가 난다. 아, 이 공기

내 머리카락은 투명한 대기 속으로 날아간다.

사과는 거두어들였겠지만

아직 안 거두어들인 공기 속으로.

* 메모

사과를 다 딴 과수원에서 느낀 것이지만 아직 안 거두어들인 것들이 남아있다.

공기나 사과 따던 날의 화창한 날씨 같은 것들이다.

누가 공기를 따랴.

정호승

1950년 대구에서 태어나 경희대 국문과와 동대학원을 졸업했다. 1972년 한국일보 신춘문예에 동시가, 1973년 대한일보 신춘문예에 시가, 1982년 조선일보 신춘문예에 단편소설이 당선되어 문단에 나왔다. '반시' 동인 활동을 했으며, 시집으로 『슬픔이 기쁨에게』 『서울의 예수』 『새벽편지』 『별들은 따뜻하다』 『사랑하다가 죽어버려라』 『외로우니까 사람이다』 『눈물이 나면 기차를 타라』 『이 짧은 시간 동안』 등이 있다. 제3회 소월시문학상, 제10회 동서문학상, 제12회 정지용문학상, 제12회 편운문학상, 제9회 가톨릭문학상 등을 수상했다.

꽃

사람은 꽃을 꺾어도

꽃은 사람을 꺾지 않는다

사람은 꽃을 버려도

꽃은 사람을 버리지 않는다

영정 속으로 사람이 기어들어가

울고 있어도

꽃은 손수건을 꺼내

밤새도록

장례식장 영정의 눈물을 닦아준다

이문재

경희대 국문과 및 동대학원을 졸업하였다. 1982년 〈시운동〉 4집에 시를 발표하며 작품 활동을 시작했다. 시집으로 『내 젖은 구두 벗어 해에게 보여줄 때』 『산책시편』 『마음의 오지』 『제국호텔』이 있고, 산문집으로는 『내가 만난 시와 시인』 『바쁜 것이 게으른 것이다』가 있다. 김달진문학상, 시와시학젊은시인상, 소월시문학상, 지훈문학상을 수상했다. 현재 경희사이버대학교 미디어문예창작학과 교수로 재직 중이다.

수국

여름날은 혁혁하였다

오래 된 마음자리 마르자
꽃이 벙근다
꽃 속의 꽃들
꽃들 속의 꽃이 피어나자
꽃송이가 열린다
나무 전체가 부풀어 오른다

마음자리에서 마음들이
훌훌 자리를 털고 일어난다
열엿새 달빛으로
저마다 길을 밝히며
마음들이 떠난다
떠난 자리에서
뿌리들이 정돈하고 있다
꽃은 빛의 그늘이다

이승하

1960년 경북 의성에서 태어났으며, 1984년 중앙일보 신춘문예로 등단하였다.
시집으로 『인간의 마을에 밤이 온다』 『공포와 전율의 나날』 『천상의 바람, 지
상의 길』 등이 있다. 현재 중앙대학교 문예창작과 교수로 재직 중이다.

눈사람

불러도 대답이 없다

호스를 입에 물고 있으니

말을 어찌 할 수 있으랴

고개도 돌리지 못하고

누워서 오줌 싼다 누워서 똥 싼다

아버지! 제 말 들리세요?

눈두덩이 조금 움직였다

팽팽히 부풀어 있는 손과 발

둔하게 움직이는 기계 속 그래프

아버지는 눈사람

봄 햇살 속에서 녹고 있구나

박주택

1959년 충남 서산에서 출생했으며, 경희대 국문과 및 동대학원을 졸업했다. 1986년 경향신문 신춘문예로 등단했다. 『꿈의 이동건축』『방랑은 얼마나 아픈 휴식인가』『사막의 별 아래에서』『카프카와 만나는 잠의 노래』『시간의 동공』 등의 시집을 발표했다. 시론집 『낙원 회복의 꿈과 민족 정서의 복원』과 평론집 『반성과 성찰』『붉은 시간의 영혼』 등을 펴냈다. 현대시작품상, 이형기문학상, 소월문학상 등을 수상했다. 현재 경희대학교 국문과 교수로 재직 중이다.

芍藥

지금까지 얼마나 많은 말을 했을까? 나는
얼마나 많은 느낌에 마음을 빼앗겼을까?

어제는 보름이었다 누군가 몸을 다녀간 뒤
몸이 아팠다, 꽃 오무는 저녁

발굽이 나를 물끄러미 바라볼 때

나는 입양시킨 芍藥을 데리고
越境하고 싶어졌다

그러면, 나를 괴롭히던 시간은
과부가 될 것이다

박상순

서울 출생으로 서울대학교 미술대학 회화과에서 서양화를 전공했다. 1991년 〈작가세계〉에 '빵공장으로 통하는 철도'외 8편의 시를 발표하며 등단했다. 1996년 현대시동인상을 수상했다. 시집으로 『6은 나무 7은 돌고래』 『마라나, 포르노 만화의 여주인공』 『Love Adagio』가 있다. 현재 '문학에디션 뿔' 대표로 활동 중이다.

6은 나무 7은 돌고래, 열 번째는 전화기

첫 번째는 나
2는 자동차
3은 늑대, 4는 잠수함

5는 악어, 6은 나무, 7은 돌고래
8은 비행기
9는 코뿔소, 열 번째는 전화기

첫 번째의 내가
열 번째를 들고 반복해서 말한다
2는 자동차, 3은 늑대

몸통이 불어날 때까지
8은 비행기, 9는 코뿔소,
마지막은 전화기

숫자놀이 장난감
아홉까지 배운 날
불어난 제 살을 뜯어먹고
첫 번째는 나
열 번째는 전화기

고두현

1963년 경남 남해 출생으로 1993년 중앙일보 신춘문예로 등단
하였다. 시집으로 『늦게 온 소포』『물미해안에서 보내는 편지』
가 있다. 제10회 시와시학젊은시인상을 수상했다. 현재 한국경
제신문 문화부장으로 재직 중이다.

물건방조어부림

그 숲에 바다가 있네
날마다 해거름 지면
밥 때 맞춰 오는 고기

먼 바다 물결 소리
바람 소리 몽돌 소리
한밤의 너울까지 그 숲에 잠겨 있네

그 숲에 사람이 사네
반달 품 보듬고 앉아
이팝나무 노래 듣는

당신이 거기 있네
은멸치 뛰고 벼꽃 피고
청미래 익는 그 숲에 들어

한 천 년 살고 싶네
물안개 둥근 몸
뽀얗게 말아 올리며

천 년을 하루 같이
하루를 천 년 같이.

김정산

1961년 동래(東萊) 금정산(金井山)에서 태어났다. 1993년 경향신문 신춘문예 소설부문에 당선되어 문단에 등단하였다. 지은 책으로는 장편소설『박물관 제3전시장의 그림』『한국지』(전3권)『나당대전』『김시득전』『칼날 위의 길을 가다』(전2권)『삼한지』(전10권)와 단편소설집『수지』『북새풍』『화엄의 나날』『위화』등이 있다.

포도

1

바깥에서 스스로를 비춰보려는 열망이

수백 개 등이 되어 걸렸네

2

그 마음 얼마나 탔으면

몸 밖으로 빠져나와 저리도 검붉었느냐!

문태준

1970년 김천에서 태어나 고려대 국문과를 졸업하였다. 1994년 〈문예중앙〉 신인 문학상에 시가 당선되어 문단에 나왔다. 시집으로『수런거리는 뒤란』『맨발』 『가재미』『그늘의 발달』등이 있다. 미당문학상, 소월시문학상, 노작문학상, 유 심작품상 등을 수상했다.

七八月

여름은 흐르는 물가가 좋아 그곳서 살아라

우는 천둥을, 줄렁줄렁하는 천둥을 그득그득 지고 가는 구름

누운 수풀더미 위를 축축한 배를 밀며가는 물뱀

몸에 물을 가득 담고 있는, 불은 계곡물

새는 안개 자욱한 보슬비 속을 날아 물버들 가지 위엘 앉는다

물안개 더미 같이, 물렁물렁한 어떤 것이 지나가느니

상중(喪中)에 있는 내게도 오늘 지나가느니

여름은 목 뒤에 크고 묵직한 물주머니를 차고 살아라

이덕규

경기도 화성에서 태어났다. 1998년 〈현대시학〉으로 등단했으며, 제9회 현대시
학작품상과 제4회 시작작품상을 수상했다. 시집으로 『다국적 구름공장 안을
엿보다』 『밥그릇 경전』이 있다. 현재 화성에서 쌀농사를 짓고 있으며, 화성시
의 '노작 홍사용 문학관' 관장으로 재직하고 있다.

우주선

- 꽃

바위 사이에 뿌리 내린 고성능 젯트 프로펠러가
맹렬히 돌아간다

지금 저 꽃,
의 가느다란 대궁에 우리들의 운명이 매달려있다
일탈의 과부하,
허무한 공회전,

어디선가 베어링이 녹고 있다

마침내 중앙 계기판에 과열 경고등이 들어오고 한순간
공중 폭발한 기체의
잔해들이 날아간다

꽃의 정수리에 검게 탄
뜨거운 엔진 덩어리가 식어가는 늦가을 오후다

김행숙

서울에서 태어나 고려대 국어교육과 및 같은 대학원 국문과를 졸업했다. 1999년 〈현대문학〉을 통해 시단에 나왔으며 시집으로 『사춘기』 『이별의 능력』을 펴냈다. 현재 강남대 국어국문학과 교수로 있다.

잠

눈을 감았다는 것

발가락이 꼬물거리며 허공으로 피어오른다는 것

발바닥이 무게를 잊었다는 것

감은 눈처럼

발은 다른 기억을 가지기 시작한다

어디에도 닿지 않은 채

그곳에 속하는

차주일

1961년 전북 무주에서 태어났다. 한국방송통신대학교 국문과를 졸업한 뒤, 동국대학교 대학원에서 수학했다. 2003년 〈현대문학〉으로 등단하였다. 시집으로 『냄새의 소유권』이 있다.

고사목 서당

사람의 말이 재가 된 한밤
비명 한 가마 끓는 소리 듣는다.
산상봉 기도실 창에 방언을 조판하는 목탁 그림자
성서에 없는 문장을 어둠에 인쇄하고 있다.
부처도 죽어서야 해낸 다비를 산몸으로 치르는
폐암 말기의 사내
자신을 완전연소 시킬 수 있을까.
사리는 불완전연소의 산물이란 내 말에
성불이 자기최면의 완성이라는 내 말에
그저 웃으며, 뜬숯처럼 활자처럼 여위어 가는,
개종에 개종을 거듭해 끝내 잡탕교주가 된 유탕아.
영혼으로 그림자 두들겨 활자를 만들 수 있을까.
멍든 옹이마다 이슬이 맺힌 아침
문선공 같은 바람이 고사목을 짓누른다.
땅위에 그림자 한 글자 묻어난다.
이슬로 찍어낸 그림자는 지워지지 않는다.
비명은 어디로 사라지는가.
산상봉 고사목을 올려다보는 어린 나무들
제 몸 뒤틀며 훈장의 서체를 따라 쓰고 있다.

심언주

충남 아산에서 태어났다. 2004년 〈현대시학〉에 '예감' 외 4편의 시를 발표하며 등단했다. 시집으로 『4월아, 미안하다』가 있다.

간격을 좁히면

도마에서 채 써는 소리들끼리 간격을 좁히면
한 자루 칼이 완성될까요.
시간을 채 써는 초침 소리들이
하루를 끌고
가족사진 뒤로 사라집니다.
풀밭을
책들을
누가 차곡차곡 썰어놓은 걸까요.
저걸 다 치우려면
지루하게 소화기관을 거쳐야겠네요.
쫓아가서 말을 걸든지
발이라도 걸든지
구호들을 뭉치면
아주 쉽게
돌멩이가 되어 버려요.

이경우

강원도 원주에서 태어났다. 2004년 〈시를 사랑하는 사람들〉로 등단하였다. 시집으로 『치악통신』이 있다.

풍경을 그리다

햇볕 따가운 오후 간이역

적막이 점령한 승강장 건너 방음벽엔
피멍들도록 기어오르는 담쟁이 넝쿨
몇 그루 플라타너스 우듬지너머
배경처럼 푸른 하늘 흰 구름 둥실

향나무 줄지어 앉아있는 철길 옆
바짝 마른 배수로 따라
며느리 밑씻개 한 무리 기어가고 있다
파란 눈망울의 달개비
꼬리 흔드는 강아지풀 바라보는데
개망초 떼 지어 하얗게 웃고 있다

모두들 제멋대로지만
참 자연스럽다는 생각

더 이상 인간만 끼어들지 않는다면

김원경

1980년 울산에서 태어났으며, 경희대학교 국문과를 졸업하였다. 2005년 중앙일보 신인문학상에 시가 당선되어 문단에 나왔다.

어떤 사원

항로를 잃은 구름이
휠체어를 타고 어디론가 느리게 흘러가고 있었다
램프를 들고 어둠을 잠재우던 달빛 아래로
물고기처럼 빛을 쪼아 먹으려고
바다가 몰려들었다
바다는 몸속에서 굵은 선을 떼 내어
아름다운 목선을 만들었다

그럴 때마다 나는,

목선을 타고 피부가 느슨한 해안의 목을 열어
우편물 같은 울음을 퍼내곤 했다
밀물처럼 넘기면 넘기는 대로 뼈마디는 춤췄다
어두운 기억이 발아래 뒤엉켜
당신이 돌아와 눕던 곳으로
멸종된 언어는 꼬리뼈를 뚝뚝 떨어뜨리며
거대한 밀실이 되고 있었다

그럴 때마다 나는,

불을 켜고 겹겹이 타오르던 바람의 외투가 되어
낯선 바람의 문장을 익힌 새들을 따라
구름 위에 지문을 남기기도 하고
바람이 남긴 긴 침묵을 이해하는 것보다
더 오래된 시는 없을 거라며
위액같이 흘러내리는 새벽 자막 위에다
침으로 써 놓곤 했다

그럴 때마다 나는,

푸른 혈관을 열어
물살의 발가락이 모래톱을 힘껏 움켜쥐고
멈춰서 있는 소리를 들었다
수초처럼 팔랑팔랑
묵음이 거대한 소리의 춤을 추며
귀에서, 입에서, 코에서, 땀구멍에서
구멍이란 구멍은 다 열며 걸어 나오고 있었다

가을날

라이너 마리아 릴케

주여: 때가 되었습니다. 여름은 참으로 위대했습니다.
당신의 그림자를 해시계 위에 드리워 주시고,
들판에는 바람을 풀어놓아 주소서.

열매들이 살찌도록 부추겨 주소서.
그들에게 이틀만 더 따뜻한 날을 주시고,
크나큰 완성을 이루도록 해 주시며
무거운 포도송이에 마지막 단 맛이 들도록 해 주소서.

지금 집이 없는 사람은 앞으로도 짓지 못할 것입니다.
지금 홀로 있는 사람은 줄곧 홀로 있을 것이며,
잠 못 들어, 책을 읽고, 긴 편지를 쓸 것이요,
낙엽이 바람에 불려 갈 때
가로수 길을 이리저리 헤매일 것입니다.

(번역: 정현종)

김종대

경남 창녕에서 태어나 서울대 법대를 졸업하였다. 1974년 공군법무관을 시작으로 주로 부산, 경남 지역에서 법관으로서 사회 갈등 해소와 분쟁 조정에 힘써왔다. 창원지방법원장을 지냈으며 2006년부터 헌법재판소 재판관으로 재임 중이다. 저서로 『여해 이순신』이 있다.

농부시인을 위로함

우리 포도밭이 있는 장현리에도
지난 겨울에는 상추위가 몰아닥치더니
올여름에는 7·8월 내내 비가 내렸다.
포도밭의 포도낡도 많이 얼어 상했고
얼지 않고 남은 낡은 햇빛을 못 봐 또 아프다.

농부시인에게 위로의 말 전했더니
선뜻 답을 않고 한참이나 입속에서 말을 돌리다가
이내 씩씩한 말 되찾아서
"내년에는 더 많이 탐실히 열린대요."
하고 웃는다.

지난 냉해·수해로 농사가 잘되게 되었다는 것인지
낭패를 보게 되었다는 말인지?
본래는 잘되고 잘못됨도 없는
텅 빈 데서 나와 돌고 도는 세상사를 말하는 것인지?
시작도 끝도 없이 둥근 포도모양을 보고 있는 그대로만 말하며
그냥 웃는 것인지?

그래도 유기농 하는 농부시인아!
내년엔 농부하기로 하고
올해는 그냥 시인만 하자!

*낡: 나무의 고어(古語)

이성미(李成美)

서울 출생으로 서울대학교 미술대학 회화과를 졸업하고 캘리포니아 주립대학교 (U.C. Berkeley)에서 미술사 석사학위를, 프린스턴대학교 대학원에서 동양 미술사 박사학위를 취득하였다. 덕성여자대학교 교수, 한국미술사학회 회장 등을 역임하였다. 저서로는 『조선시대 그림속의 서양화법』 『내가 본 세계의 건축』 『가례도감위궤와 미술사』 등 다수가 있다. 현재 한국학중앙연구원 명예교수이다.

류기봉 포도밭

대자연의 섭리를
      터득한 당신,
그런 당신을
      우리는 믿었기에,
오늘날의 결실은
      더욱 값지고
          감미로워라...

와인의 기품

조정권

포도를 가꾸는 손길은 아름답다. 해마다 8월 말에서 9월 초순이 되면 남양주 진접의 '류기봉포도밭'으로 나는 시인들과 하늘을 보러 떠난다. 그곳에는 햇포도가 있고 음악이 있고 시가 있다.

포도밭으로 가는 길은 어느 나라나 아름답다.

몇 년 전 한불수교120주년기념 한국시축제를 보르도대학에서 마치고 몇몇 시인과 보르도를 찾은 적이 있다. 프랑스의 보르도 지방에는 150개가 넘는 수많은 고성들이 광활하게 흩어져 있는데 이 성을 중심으로 포도밭이 부챗살처럼 지평선까지 뻗어나가는 것을 볼 수 있다. 우리가 간 곳은 보르도 시 남쪽에 있는 샤또 지역의 '빠쁘 끌레망'. 이곳은 교황 끌레망 5세가 교황 즉위 이전까지 평민 신분으로 경작하던 포도밭이다. 보르도에서 가장 오래된 와인주조용 쇼도만을 재배해온 곳이다. 성으로 가는 길 왼쪽으로 잘 조경된 언덕에 'PAPE-CLEMENT'이라고 양각된 잔디가 아름답다. 성을 정점으로 사방으로 포도밭이 펼쳐져 있고 포도밭 끝에 농가들이 모여 있다. 포도를 재배하는 인부들이 살고 있는 곳이다. 우리를 마중나온 70대 노신사는 검정색 정장을 하고 있었다. 이곳에서 15세부터 와인을 빚었다는 이 소믈리에 노인은 우리 일행이 시인이라는 사실을 사전에 연락받았다며 자신도 시인이라고 소개하며 자작시 한 구절을 들려준다. '와인은 하늘의 문으로 들어가는 영혼의 혀......'

이 넓은 포도밭을 기계를 쓰지 않고 일일이 손 농사로 짓고 있단다. 포도나무의 키들은 1미터 남짓하게 가지치기가 되어 있다. 특이한 것은 이 광활한 포도밭에 수없이 많은 장미나무가 함께 심어져 있다는 사실이다. 이곳 농부들은 장미 잎사귀나 가지를 살피며 장미의 성장이 시원치 않으면 포도나무들이 병이 들 수 있다는 것을 미리 알 수 있다고 한다. 포도나무의 건강상태를 체크하기 위한 수단으로 포도밭에 장미를 심는 전통은 수세기 전부터 내려왔다고 한다. 장미 잎에 병충해 기미가 보이기 시작하면 포도나무가 건강이 시원치 않다는 징후로 여겨 미리 대처할 수 있도록 장미나무를 일종의 지표식물로 활용해온 셈이다. 포도밭에서 키우는 장미는 이런 '예쁜' 기능도 한다.

로마병사들이 포도 묘목을 싣고 원정을 갔다는 사실도 안내

노인으로부터 듣고 알았다. 로마군이 프랑스, 스페인, 이탈리아, 독일 등의 정복지의 강과 언덕에 포도나무를 심어 오늘날 포도 재배의 중심지가 되었단다. 군대가 수년 동안 통치지역 점령지에 장기 주둔하면서 신선한 와인을 지속적으로 마시기 위해선 현지에 포도밭을 건설하는 일이었을 게다.

빠쁘 끌레망 성과 포도밭은 지금 개인 소유지만 기업 몇 개를 살 수 있는 상상할 수 없는 고가라고 들었다. 끌레망 5세가 평민시절 경작하던 유서깊은 곳이라는 사실과 "빠쁘"(교황)라는 어마어마한 이름값 때문일 것이다.

양조장 창고마다 2미터 높이의 둥그런 오크통이 수십 개 수백 개씩 도열해 있다. 100년이 넘은 이 오크통에서 와인은 대서양에서 들려오는 해조음처럼 출렁거리기도 하고 통이 비어 가면서 천상의 하프 소리를 연주한다고 했다.

보르도 와인이 대대로 이어져온 가업처럼 위엄이 있고 가문의 문장처럼 품위가 있다면 보졸레 누보는 좀 천박스러워 보인다. 보졸레 누보는 리옹 근교까지 펼쳐진 보졸레 포도산지에서 나오는 햇포도주를 말한다. 4~5일간 발효시키고 4~6주 숙성시

켜 시중에 출하한다. 우리나라에 보졸레 누보가 처음 수입된 것은 1996년이지만 불과 3년 뒤인 1999년에는 한국 사람들은 프랑스에서 전체 생산된 보졸레 누보 6000만병 중 약 3%에 달하는 200만병을 마실 정도로 호들갑을 떨었다.

보졸레 누보가 서민풍의 와인이라면 모차르트의 고향 잘츠부르크 고성에서 맛 본 햇포도주는 검소하고 겸양스러운 와인이다. 중세 고성(古城)에서 수도사들의 가용주로서 제조비법이 전해져 왔다는 이 햇포도주는 모차르트 페스티벌이 열리면 전 세계에서 비행기로 몰려든 음악 애호가들이 공연 전 간단한 식사와 곁들이는 와인이다.

구름 속에 우뚝 솟은 신들의 사원 같은 잘츠부르크 고성의 장엄함을 음악과 더불어 곁들여 누리고 싶다면 이곳 지하주점 나무탁자에 흐린 호롱불 하나 밝혀놓고 마시던 수도사들의 가용주가 단연 압권이다.

포도나무와의 약속

저는 시인입니다. 또 농부입니다.

제가 하는 이 두 가지 일은 생명과 언어를 다루는 소중한 일입니다. 살아가면서 이렇게 두 가지 일을 동시에 할 수 있다는 것은 제게 큰 행운입니다.

십 수 년 전, 자연농법으로 농사를 짓는답시고 약을 쓰지 않고 포도나무를 키웠습니다. 그 결과 포도나무의 반 이상이 병에 걸리거나 죽었습니다. 포도 향과 맛을 내기 위한 실험농법의 참담한 패배였지요. 시 쓰기 역시 고집스럽게 실험시에 매달립니다. 이러한 자연주의 농법이나 실험시 쓰기는 그 과정이나 결과가 순탄치 않습니다. 소출에 있어서도 늘 만족스럽지 못합니다. 그로 말미암은 피해는 저 뿐만 아니라 저희 가족들에게도 고스란히 영향을 미치게 되지요.

그렇다고 해서 저는 함부로 방향을 전환하지 않습니다. 올 봄 혹독한 추위를 이기지 못하고 저 때문에 포도나무들이 반 이상 죽었습니다. 한동안 저는 대인기피증에 시달려야 했습니다. 그러나 어쩌겠습니까. 제가 할 수 있는 일이 시 쓰고 농사짓는 일 뿐인데......

처음 자연농법을 시작하던 때를 떠올립니다. 어느 무더운 여름 제초제를 뿌려 풀들을 죽이려는데 풀들이 제게 항의하는 것이었습니다. "이제 그만! 멈추어 달라고." 그때도 지금도 저는 나무나 풀들의 말을 들을 수 있어서 행복합니다. 제가 시를 쓰고 있는 사람이기에 가능한 일이라고 생각합니다. 그런 일이 있은 후 나무들과 많은 이야기를 주고받으며 약속했습니다. 제가 먹을 수 있는 밥을 나무들에게도 꾸준히 먹이겠다고.

올해엔 퇴비장과 산야초 효소를 담근 장독대도 만들었습니다. 산야초, 풀꽃, 낙엽, 생선, 달걀껍질, 뼈, 한약재 등을 옹기항아리에 잘 삭혀 포도나무들에게 맛있는 밥을 만들어 먹입니다. 그런 일들을 하면서 또 이런저런 일들을 시로 씁니다.

포도 상자를 열면 제가 가꾼 포도와 함께 시집이 있습니다. 제가 쓴 몇 편의 시와 포도를 좋아하는 시인들이 쓴 시들을 모은 시집입니다. 시도 읽으시고 포도도 맛있게 드십시오. 남양주 세계유기농대회를 기념하여 올해 제가 만들어낸 최고의 작품들입니다.

포도가 익어가는 2011년 여름

류기봉